KB019738

늘 사랑이에—

양한울

꽃잎을 적신 이슬을 모아

강원석 시집

꽃잎을 적신 이슬을 모아

1판 1쇄 발행 2021년 7월 1일

1판 3쇄 발행 2022년 1월 1일

개정판 1쇄 발행 2023년 5월 5일

지 은 이 강원석

발 행 인 조규백

기획·편집 주은혜

디 자 인 최수아

발 행 처 도서출판 구민사

　　　　　(07293) 서울특별시 영등포구 문래북로 116, 604호

　　　　　(문래동3가 46, 트리플렉스)

전　　화 02.701.7421~2

팩　　스 02.3273.9642

홈페이지 www.kuhminsa.co.kr

신고번호 제 2012-000055호(1980년 2월 4일)

I S B N 979-11-6875-232-0(03810)

값　　　 15,000원

꽃잎을 적신 이슬을 모아

그대는 꽃이고
세상은 꽃밭입니다.

누군가의 마음속에
작은 꽃씨 하나 심고 싶습니다.
아이들의 마음속에도
어른들의 마음속에도.

그 꽃씨가 자라면
향기롭고 예쁜 꽃이 피겠지요.
시를 읽는 사람들의 세상은
꽃밭처럼 아름다운 세상입니다.

나의 시가 꽃이 되어
네 가슴에 자라면

너의 말은 향기 되어
이 세상에 퍼질 거야

「시와 말」 - 강원석

시를 읽고, 여유로움을 키우고,
마음속에 사랑이 가득한 사람이 되길 바랍니다.

시를 읽고, 선한 생각을 지니고,
배려하고 나누는 따뜻한 사람이 되길 바랍니다.

시를 읽고, 언제나 꿈꾸고,
그 꿈을 향해 한 발 한 발 나아가길 바랍니다.

그대는 꽃이고
세상은 꽃밭입니다.

2021년 초여름
일곱 번째 시집을 내며

차례

꿈 하나, 햇살 곱게 썰어서

꿈 둘, 너에게 꽃이다

꿈 셋, 꽃잎을 적신 이슬을 모아

꿈 넷, 별을 보며 꿈꾼다

일러두기

· 이 시집은 아이들과 어른들 누구나 읽어도 좋은 시들로 엮었습니다.

· 시집의 1장과 2장은 강원석 시인의 기존 6권의 시집 중에서
  가장 맑고 순수한 시 50편을, 3장과 4장은 신작시 50편을 수록하였습니다.
  특히 4장은 초등학생들의 눈높이에 맞는 시들로 구성하였습니다.

· 본문의 오른쪽은 여백을 두어, 시를 옮겨 쓰거나 사색의 공간으로
  활용하도록 편집하였습니다.

꿈 하 나

햇살 곱게 썰어서

햇살 곱게 썰어서

햇살을 곱게 썰어서
고추밭에 한 줌 뿌리고
사과밭에 두 줌 뿌리고

조금 남으면
들꽃에게 나눠도 주고

그래도 남으면
오늘 밤 대문 앞에
초롱초롱 걸어 둬야지

구름

파란 하늘에 놀고 있는
하얀 양 떼를

조심조심 몰아서
우리 집 뒤뜰에 풀어 놓으면

낮에는 바람 따라 뛰어놀고
밤에는 별을 보며 꿈을 꾸고

울타리가 없어도
도망가진 말아라
구름아 구름아

맑음

비 오는 날
빗소리 들어 보아요

그 소리
음악처럼 들린다면

그대의 마음은
비가 와도 맑음입니다

밥

저녁 올 무렵 허기가 져
노을로 밥을 지어 먹었다

시장기가 가시질 않아
왜 그런가 생각하니

어머니 그 말씀이 없었구나
"한 숟갈만 더 먹어라"

참 고맙습니다

아침에 눈을 떠
활짝 핀 꽃을 보며 말합니다
고맙습니다

예쁜 꽃을 피워서 고맙고
싱그러운 향기를 맡게 되어 고맙고
누군가에게 웃으며
인사를 건넬 수 있어 고맙고

세상에는 고마운 일이
봄볕에 꽃보다 많습니다
고맙습니다
참 고맙습니다

아이에게

이 세상 수많은 꽃 중에
네가 제일 예쁜 꽃이란다

저 하늘 수놓는 별보다
네가 더 빛나는 별이란다

아이야
너는 꿈을 품고 자라서
꽃이 되고 별이 되어라

풀꽃이 춤출 때

풀꽃이
언제 춤추는지 아니?

바람이 불어올 때
빗물이 적셔줄 때
햇살이 비추일 때

아니야
네가 웃으며 쳐다볼 때

사랑아 사랑아

사랑아 사랑아
하늘을 날아와 어디에 앉을 거니

싱그러운 풀밭에 내려서
고운 빛깔 꽃을 피우고

나뭇가지에 둥지 틀어
예쁜 새 지저귀게 하고

흐르는 개울물에
둥실둥실 종이배 띄우고

사랑아 사랑아
먼 길 날아와 힘이 든다면

우리 집에 잠시 들러
행복이랑 놀다 가지 않을래?

어떤 행복

작은 화분에
씨앗을 심었습니다

싹이 돋고
잎이 나고

꽃이 피고
열매가 열리면

와
세상에 뭐가 부러울까요
벌써 이리 행복한데

미소

너의 얼굴에 늘 솟아나는
환한 그것을 조금만 빌릴게

하늘에 한가득 흩어 놓고
들판에 한 움큼 던져두면

파란 하늘엔 햇살이
푸른 들판엔 열매가

가을에 익으면 잔뜩 따서
기분이 울적한 날 다 갚을게

들꽃

비가 오면
빗물로 꽃잎을 씻고

바람 불면
바람결로 줄기를 빗고

햇살이 좋은 날
하늘 보며 방긋 웃는다

비바람을 견딘 너로 인해
세상은 꽃밭이 되었다

마음

나는 가진 게 없어
너에게 줄 것은
마음뿐이네

한없이 넓지만
너 하나로 가득 찰 마음
그 속으로 네가 온다면

낮에는 꽃을 심어
마음을 가꾸고

밤에는 별을 따서
마음을 밝힐게

나는 가진 게 없어
너에게 줄 것은
오직 마음뿐이네

꿈꾸는 너에게

어른이 되면
별은 더 가까워지는데
꿈은 점점 멀어져 간다

언제나 꿈꿀 수 있다면
시간이 흘러도 그 삶은
별처럼 빛날 거야

네가 품었던 수많은 꿈
그 꿈은 사라진 게 아니야
단지 잊고 있었을 뿐이야

네가 꿈꾸던 모든 것
그것은 아직 네 가슴에 남아
별처럼 빛나고 있음을
부디 잊지 마

놓치지 마

가만히 눈을 감아 봐
크게 한번 숨을 쉬어 봐

꽃향기 가득한 바람이
네 곁에서 불고 있잖아

놓치지 마
이 시간이 지나면 그 바람도
멀리 가 버릴지 몰라

눈과 마음

동그라미를 그려 보아요
세상을 보는 당신의 눈입니다

모나지 않게
둥글게 세상을 보아요

네모를 그려 보아요
문처럼 생긴 당신의 마음입니다

착하고 아름답게
마음의 문을 활짝 열어요

새벽에

달빛이 놀다 간
초록 잎 사이로

송골송골 이슬은
앞다투어 열리고

어둠을 쓸어 내는
분주한 햇살 속에

바람은 솔솔 불어
꽃망울을 두드리니

꽃 한 송이 피우려고
새벽은 이리도 바쁘구나

소망

봄에

왜 꽃이 피는 줄 아니?

네가

간절히 원했기 때문이야

나뭇잎 소리

바람이 나뭇잎을 흔드는 소리
햇살에 나뭇잎이 반짝이는 소리

소곤소곤
귓가에 들려오면

하나씩 가슴속에 쌓여 가는
사랑 사랑 사랑

그 소리에 나는
자꾸만 수줍어라

꽃 하나

꽃 하나
꽃 둘
꽃 셋

세상이라는 꽃밭에
별보다 많은 꽃

그중에
너라는 작은 꽃 하나
별인 듯 반짝인다

고운 말 한마디

구름이
쉴 곳을 찾다가

잎이 떨어진
빈 나뭇가지에 앉았습니다

얼마 후 쉬었다 떠나는 구름이 말합니다

"나무야, 넌 가지가 참 길고 멋지구나.
덕분에 잘 쉬었어. 고마워."

구름이 건넨 고운 말 한마디
이 한마디에

힘을 잃고 말라 가던 나무는
어느새 잎이 돋고 꽃이 피었습니다

꿈을 꾸어요

그대 언제 행복하세요
바라는 것을 이루었을 때
원하는 것을 가졌을 때

나는 꿈꿀 때 행복합니다
바라는 것을 이루려고 꿈꿀 때
원하는 것을 가지려고 꿈꿀 때

이루지 못해도
가지지 못해도
꿈을 꾸는 순간은 언제나 행복이지요

나는 꿈을 꿉니다
그대도 꿈을 꾸어요

너의 소원도 나와 같다면

오늘 밤
별을 보게 된다면
꼭 소원을 빌어 봐

어쩌면
별들이 너의 소원을
들어 줄지도 몰라

왜냐하면
내가 어젯밤에 부탁했거든

겨울 하늘

구름도 숨어 버린
새파란 겨울 하늘

그 차가움이 미워서
손 붓으로 잔뜩
뭉게구름 그려 넣어요

어쩌나
마음이 그린 그림에
흰 눈이 펑펑 내리네

차라리
봄볕을 그릴 걸 그랬나
꽃들이 울긋불긋 필 것을

행복

꽃을 볼 수 있으니 좋구나
향기를 맡을 수 있으니 또 좋구나

살아간다는 것
그것만으로도 행복할 수 있다면

너의 삶도 나의 삶도
꽃처럼
피고 또 피리라

아비

어둠은 아직도 시린데
집을 나서는 아이의 뒷모습을 보며
새벽 별빛에도 그림자가 지는 것을
처음 알았다

혼자 앉은 식탁 위엔
한 숟갈 뜨다 만 밥공기와
시간을 잃어버린 국 한 그릇

언젠가
너를 얻고 흘렸던 눈물이
아비 되어
아침 한 그릇 먹이지 못해
다시 흐른다

꿈 둘

너에게 꽃이다

너에게 꽃이다

마음을 접고 접어
꽃 한 송이 만들고

사랑을 품고 품어
향기 한 줌 모으고

두 손에 가득 담아
너에게 주느니

꽃처럼 피고
꽃처럼 웃어라

세상은 온통
너에게 꽃이다

사월이라

나푼나푼 날아오른다
훨훨 솟아오른다
나비도 아닌 것이
날개도 없는 것이

너울너울 날아서
산꼭대기 올라 보고
둥실둥실 떠다니다
구름 위를 걸어 보고

꽃잎 같은 내 마음
실바람에 나부끼며
하늘을 날아가네

오월

풀잎에 구르는 이슬방울마다
잔잔히 너울대는 햇살을 보듬고
새뜻하게 불어오는 초록 바람 따라
향기 다발 한아름 뿌려질 때

눈동자에 담긴 파란 하늘은
가슴에 무지개 한 줌 심어 놓고
구름 타고 떠다니는 하얀 꿈들을
품안에 살며시 안겨 주느니

밝은 눈빛으로 맑은 숨결로
사랑할수록 사랑하게 되는
푸르고 또 푸른 오월에

그 속에서 나는
잎사귀 무성하게 뻗어가는
한 그루 나무가 되어도 좋으리

가을비 지나가면

한 줄기 흩날린 소낙비가
고춧잎을 적시고 지나가면
들길 움푹한 곳에는
한가득 빗물이 고이고
얕고 조그마한 세상에도
드높은 하늘이 담긴다

그 속에 빠져 버린
솜털 같은 구름 한 조각
흠뻑 젖기 전에 건져서
배롱나무 가지 끝에 걸어 두면
살랑대는 바람에
아무 일 없는 듯 둥실 떠간다

하늘은 파래서 구름은 하얗고
바람은 시원해 꽃잎은 고와라
가을비 내 곁을 지나가면

흰 눈

흰 눈이
사각사각 내립니다

아이의 눈에도
아빠의 눈에도
세상은 온통 하얗습니다

눈이 녹아도
하얀 세상은

아이의 꿈 속에
아빠의 가슴에
녹지 않고 쌓였습니다

꽃동네

내가 사는 동네에는
봄이 오면 꽃이 꽃을 피웁니다

매화 향기 짙고 나면
분홍 진달래 산허리를 덮어버리고

흰 눈 같은 벚꽃 잎 나풀거리면
영산홍 꽃망울 붉고 또 붉어집니다

꽃이 피고 꽃이 지고
동네마다 집집마다
내가 사는 땅에는 봄이 한창입니다

이곳에서 나는
꽃만큼 예쁜 또 하나의 꽃입니다

구름처럼

온몸으로 해를 가려
시원한 그늘을 만들고

품고 있던 촉촉한 빗물로
마른 땅을 적시고

그림 같은 파란 하늘에
하얀 양 떼도 풀어놓고

바람 따라 떠다니다
산꼭대기에 앉아도 보고

밤이 되면
별들에게 자리를 내어 주는

저 구름처럼
나도 그렇게

마음으로 그린 그림

도화지 같은 마음 위에
그림을 그린다

노을에 붓을 담가 하늘을 그리고
저녁 새소리로 초가집을 그리고

하얀 눈은 구름을 빌려서 그리고
잘못 그린 그림은 바람으로 지운다

어느 겨울
눈 덮인 우리 집 지붕 위에
노을이 붉게 물든다

어린 사공에게

오늘은
노를 젓지 마라

때로는
그렇게 지내도 보자

흐르는 물 따라
부는 바람 따라

넓은 강물을 바라도 보고
깊은 생각에 빠져도 보고

노를 젓는 너의 일이
오직 강을 건너기 위함만은 아닐 테니

나무

잎이 울창한 나무
그 아래에 서 봅니다

푸르름과 시원함과
맑아지는 마음들

나무가 묻습니다
왜 거기 서 있냐고

나는 대답합니다
네가 참 고마워서

산에 갔다 올 땐

푸른 산에
올랐다가 돌아올 땐
그냥 오지 마세요

맑은 공기
밝은 햇살
파란 하늘

새소리
물소리
바람 소리까지

다 가져오세요
무거워도 꼭 가져오세요

참, 고마운 마음은
두고 오셔도 됩니다

내가 바라는 나

언제나
따스한 미소를 머금고

언제나
지친 마음을 보듬으며

때로는
너 대신 울어 줄 수 있는

그런
나였으면 좋겠다

봄

개나리꽃을 닮은 아이 뒤를
노랑나비 두 마리
앞서거니 뒤서거니 따라갑니다

개나리 가지 끝에
노랑나비 날개 위에
꼬마둥이 두 눈 속에
봄이 주렁주렁 열렸습니다

휴식

나뭇잎
한 잎 두 잎 그 사이로

햇살
한 조각 두 조각 내려온다

내 얼굴에
나뭇잎 하나 햇살 하나

너의 얼굴에
나뭇잎 둘 햇살 둘

바람 따라 놀다가
구름 따라 사라진다

반딧불이

반딧불이가 난다
달님이 구름 속으로
방긋이 비킨다

풀숲에 반딧불이
달빛보다 빛난다

작아도 아름답다
반짝여서 더 아름답다

비상

햇살은 아이를 꿈꾸게 하고
바람은 아이를 자라게 한다

끝없이 높은 하늘로
한없이 넓은 바다로
더없이 푸른 들판으로

아이야
새처럼 훨훨 날아라

사랑이 머물면

사랑이여
어디에 머물러도
너는 아름답다

꽃잎에 머물면 향기가 되고
하늘에 머물면 무지개가 된다

너는 지금
내 마음에 머물러

향기 짙은 꽃보다
무지개 핀 하늘보다
나를 아름답게 만든다

사랑이여
나에게 머물러
너는 더욱 아름답다

쉼

자줏빛 흔적 남기고
라일락 향기 떠난 자리에
연노랑 감꽃은
향기 없어도 향기로워라

키 작은 살구나무에
열매 한 알 커져 가면
잎 넓은 플라타너스
파란 하늘을 품어 웃네

붉은 들장미 잔가시에
바람은 찔릴까 봐
살그머니 불고 가니

길 가는 그대여

아카시아 꽃그늘 그 아래

향기 깔고 사알짝 앉아

잠시 쉬어 가면 어떠리

아가와 별

유리창 밖 하늘가에
꼬마별이 모여들면
엄마의 자장가 소리는
잔잔히 방안을 흐르고

옹알거리며 누운
아가의 눈망울에도
별이 반짝입니다

별빛이 눈부셨나
아가는 잠들지 못하고
엄마는 졸리운 듯
노래 속에 하품이 섞이고

토닥거리는 손짓에
살며시 사랑이 녹아들면
아가는 별빛 타고
스르르 꿈속으로 떠납니다

바람에 수줍어서

보랏빛 바람이 한 자락 불어와
발그레한 양 볼에
더 짙은 꽃물을 들이면

향긋한 설레임 감추고 싶어
애기나팔꽃 꽃잎 뒤에
숨어 버린 내 마음

바람 다시 불어와
도란도란 꽃잎을 흔들면
햇볕 한 줄기에
보일 듯 말 듯 살며시 드러나고

지나가는 먹빛 구름에
무지개 묻은 빗물이라도 날리면

마음은

바람에 수줍어서

꽃잎에 숨었다가

비에 젖어 빛나여라

별 사냥

바람에게 말해
구름을 다 걷어 내었다
저녁에 별을 따려고

큰 나무에 올라가
몸을 가린 채
별을 기다렸는데

별이 먼저 알고
환한 보름달 뒤로
숨어 버린다

어떻게 알았을까
비밀인데

옳아,
바람이 알려주었구나
하늘 위 같은 마을 동무여서

어쩌지,
동생한테 예쁜 밤별을
따 준다고 약속했는데

할 수 없지,
산꼭대기 올라가
떨어진 별이라도 주워야겠네

빗소리

파르스름한 하늘에
숨이불처럼 깔려 있는
회색빛 구름 조각

그 사이로
촉촉한 비가 내리면

빼꼼히 열려 있는 창틈으로
무심한 듯 엿듣다가

한 줄기 두 줄기
작은 나의 방으로
그 소리 불러들인다

후드득후드득 커지다가
토도독토도독 작아지는

보고픈 사람 마음 담아

다정히 나를 감싸는

빗소리

빗소리

빗소리

아, 그 소리에 꽃이 핀다

두드림(Do Dream)

두드려요 그대의 꿈을
푸른 마음속에 보석처럼 품고 있던
힘을 내요 포기하지 말아요
지친 마음을 다독여 줄게요

가슴 시린 날 너무 많아요
그럴 땐 새벽에 하늘을 봐요
밝아 오는 태양 눈부심 속에
그대의 미래가 있어요

밤이 오고 어둠이 내려도
별빛은 더욱더 빛나잖아요
지금 고된 시간들 지나가면
꿈꾸던 날들이 올 거예요

앞으로 달려가지 않아도 좋아요
넘어진다면 그냥 다시 일어나서 걸어가요

두드려요 그대의 꿈을

푸른 마음속에 보석처럼 품고 있던

힘을 내요 포기하지 말아요

지친 마음을 다독여 줄게요

농부의 노래

어머니 노랫소리 밭두렁에 뿌리면
말라가던 콩밭에도 나비가 날고

논매던 아버지의 굵은 땀방울은
단비처럼 흘러서 벼이삭을 적시니

어릴 적 할아버지 소 몰던 들녘에는
언제나 정겨운 노을이 물드네

둥근 달을 따다가 등불 대신 밝히고
오손도손 우리 가족 저녁밥을 먹으니

부모님 무병함이 더없는 큰 복이고
아이들 건강하니 크나큰 기쁨이라

내 딸아 내 아들아 너희는 고향에서
들꽃처럼 피어서 밤별처럼 빛나리라

세상은 기억하리라

밤하늘을 비추는 별 중에 가장 빛나는 별
사람들은 그 별을 보면서 찬란하고 거룩한 꿈을 꾼다

작은 꽃들이 피어서 향기로운 꽃밭을 만들 듯
따뜻한 손길이 모여 함께 살아가는 세상을 만드니

그대
어둠을 다독이는 한 줄기 빛이 되리라
하늘이여
햇살 닮은 사랑을 단비 같은 축복을 내려 주소서

그대가 흘리는 땀방울은 장대한 강물이 될 테니
바다보다 넓은 그 큰 사랑을 세상은 기억하리라

꿈
셋

꽃잎을 적신 이슬을 모아

시와 말

나의 시가 꽃이 되어
네 가슴에 자라면

너의 말은 향기 되어
이 세상에 퍼질 거야

딸에게

보아 주지 않아도

웃어 주지 않아도

혼자 외롭게 피어도

잊지 마

너는 꽃이야

이팝나무

이팝나무 꽃잎을 한 줌 따서
작은 그릇에 수북이 담았다

오늘 점심은
꽃으로 밥을 해서 배불리 먹어야지

때마침 날아든 꿀벌 한 마리
옛다 너도 조금 먹어라

좋은 사람

시든 꽃잎에 물을 주는 사람
좋은 사람입니다

눈이 오면 집 앞을 쓰는 사람
좋은 사람입니다

감나무에 홍시 하나 남겨 두는 사람
좋은 사람입니다

따뜻한 마음 슬며시 건네는
당신은 참 좋은 사람입니다

꽃잎을 적신 이슬을 모아

아침이 밝으면
꽃잎을 적신 이슬을 모아
아이야 너에게 주런다

저 영롱한 이슬처럼
너는 맑고 맑은 사람이 되리니

석양이 저물면
하늘에 물든 노을을 모아
아이야 너에게 주런다

저 보랏빛 노을처럼
너는 따뜻하게 세상을 품으리

골목길

다닥다닥 붙어 있는 집들 사이로
꾸불꾸불 작은 골목길

그 길을 따라가면 우리 집이 나오고
버스 타는 큰길도 나오고

햇볕이 따뜻한 날에는
노란 민들레 하나 수줍게 피어 있는

너와 내가 처음 손잡은
별빛이 아름다운 작은 골목길

연탄 한 장

길고 긴 겨울밤
연탄 한 장에
다섯 식구 잠을 잔다

새벽이 와도
제발 꺼지지 말았으면
어머니 그 간절함에

더디게 타고 있는
연탄 한 장
흰 눈도 뜨겁게 내린다

희망

바람에 쓰러지고
뙤약볕에 말라 가던
여린 풀잎 위로

흘러가던 구름이 건네준
작은 빗물 한 방울
그것은 희망이었다

지금 네가 건네는
따뜻한 말 한마디
지친 사람들에겐
그것이 희망이다

사랑에 빠졌을까

나뭇가지에 걸린 구름이
잠시 쉬는 줄만 알았는데

바람이 불어도 떠나질 않는다
그새 마음이라도 준 걸까

머물던 꽃잎을 떠나지 못하는
사랑에 빠진 저 나비처럼

손님맞이

장미꽃이 피려나 보다
기세등등하던 철쭉이
어디론가 훌쩍 떠나 버렸다

가시가 줄지어 뾰족이 날을 세우고
뽀얀 살을 드러낸 잎사귀가
햇살에 닿아 반지르르 빛난다

비는 며칠 전에 촉촉이 내렸고
바람도 숨죽여 멀찌감치 떨어져 분다

모든 준비는 끝났다
이제 두 눈을 맑게 닦고
두근대는 가슴을 살포시 진정시키면 된다

장미야 어서어서
어서 피어라

시로 밥을 지어 먹어도

나는 가난해도 꽃을 사겠습니다
한 끼를 굶어도 좋습니다

향기롭고 아름다운 그 꽃을
절망하고 슬퍼하는
그대에게 드리겠습니다

나는 돈이 없어도 책을 사겠습니다
한 끼만 먹어도 좋습니다

내일을 밝혀 줄 그 책을
힘들어도 꿈을 꾸는
그대에게 드리겠습니다

나는 시로 밥을 지어 먹어도
노을 앞에 초라하지 않는
하얀 구름처럼 살겠습니다

사과

수많은 별빛의 기도로
싱그런 사과가 열렸구나

내 이웃과 나눌 수 있다면
마음은 배부르고
웃음은 살찌겠지

아이야 너도
사과를 닮았구나

펭귄처럼 날아라

작은 날개를 휘저으며
꿈을 찾아 날아간다

네가 처한 상황을
바꿀 수 없다면
네가 가진 생각을 바꿔라

물속을 하늘처럼 날아가는
저 펭귄을 보라

시골길

시골길을 걸어가면
길가의 꽃들이 하늘의 구름이
바람에 흔들리는 버드나무
모두 모두 그림이 되고

시골길을 걸어가면
개울물 소리 풀벌레 소리
메아리치는 뻐꾹새 울음소리
모두 모두 노래가 되고

시골길을 걸어가면
지나가는 낯선 사람도
인사 나누는 반가운 이웃이 되고

시골길을 걸어가면
어느새 커 버린 나도
엄마 손 잡고 걷는 작은 아이가 된다

축하합니다

따스한 햇살처럼
촉촉한 빗물처럼
당신께 스며든 아름다운 일들
모두 축하합니다

당신의 얼굴에
활짝 핀 미소를 축하합니다
기쁨으로 넘쳐흐를
당신의 내일을 축하합니다

당신께
축하의 말을 건넬 수 있어
나는 더 행복합니다

마음으로 보아요

눈으로 보면
구름 덮인 하늘도
마음으로 보면
높고 푸른 하늘입니다

마음으로 세상을 보아요
풀 한 포기 돌멩이 하나
아름답지 않은 것은 없답니다

어떤 날은
그 아름다움에 빠져
잠을 이루지 못할 수도 있어요

향기로운 사람

머리에 보따리를 이고
무거운 짐 손에 들고
발걸음을 옮기는 할머니

그냥 지나치지 않고
선뜻 다가가 짐을 나눠 들며
함께 걸어가는 젊은 남녀

각박한 삶의 무게
서로 나누니 정이 되고

꽃향기 그윽한 오후에
그보다 더 향기로운 사람들

노을 속에 빠진 구름을 줍다가

문득 하늘 아래에 서서
노을 속에 빠진 구름을 보노라니

실바람에도 날아갈지 몰라
두 눈으로 하나둘 주워 본다

누가 잃어버린 게 아니라면
내 것이 아닌데 가져도 된다면

어두운 밤하늘이
다 가지기 전에 얼른 주워야지

내일은 개울가에 나가
자갈 틈에 숨은 햇살이나 건져 볼까

생일날 너에게

한 사람이
태어난다는 것은

언 땅에
꽃이 피는 것이요
캄캄한 하늘에
별이 반짝이는 것이다

새벽 새소리도
해 질 녘 노을도
너보다 아름다울 수 없으니

부디 잊지 마라
네가 있어 세상이 빛나고 있음을

묻는다

올려다보면 하늘이요
내려다보면 제자리

앞을 보면 꿈꾸는 길이요
뒤를 보면 지나온 길

너는 지금
어디를 보는가

그 눈빛

사랑한다는 말보다
따뜻하게 바라보는
그 눈빛

그게 더 좋아

별

네 가슴에
뜨거운 별 하나

언젠가 저 하늘에
반짝일 테니

너무 꼭꼭
숨기지는 마

별을 닮은 그대

가파른 길을 힘겹게
오르는 노인의 수레를
뒤에서 밀고 있는 청년

그 모습을 보고 달려가
고사리 같은 손으로
힘을 보태는 어린아이들

가슴 뛰는 장면을 보며
밤하늘에 별이 뜨는 이유를
비로소 알게 되었다

귀가

퇴근길 붕어빵 할아버지의
남은 빵을 모두 사 들고
정겹게 인사하는 회사원

늦은 밤 전철역 앞에서
산나물 파는 할머니의
짐 정리를 도와주는 학생

별빛이 꽃처럼 아름다운 밤
따뜻하게 하루를 보내며
우리는 모두 집으로 갑니다

기분 좋은 날

맑은 새소리를 들으며
잠에서 깼다

싱그러운 꽃 한 송이와
눈이 마주쳤다

하루 종일
햇살은 따사롭고
바람은 시원했다

어쩌면 오늘 밤
기다리는 전화가 올지도 모르겠다

꿈
넷

별을 보며 꿈꾼다

피카소의 꿈

아이야 그림을 그리렴
예쁜 꽃들이 피어서 들판을 그리고
저녁노을이 물들어 하늘을 그리듯

아이야 너는
꽃처럼 노을처럼
이 세상 가득 너의 꿈을 그리렴

꿈꾸는 피카소가 세상을 그리듯
아이야 너도 그렇게 그림을 그리렴

눈빛

엄마를 바라보는
아이의 눈빛

아이를 쳐다보는
엄마의 눈빛

아가, 아프지 마라
엄마, 사랑해요

눈빛으로 전해지는
마음 하나

예쁜 진달래가

예쁜 진달래가
연한 분홍빛으로 웃는 이유

봄이 왔다고
알려 주는 거야

쳐다봐 달라고
손짓하는 거야

이 세상 모든 아름다운 것을
너에게 조금씩 나누어 주는 거야

말해요

꽃을 보며
예쁘다 말했더니
향기를 주더라

별을 보며
아름답다 말했더니
반짝여 주더라

너를 보며
사랑한다 말했더니
꽃도 별도
다 내 것이 되었다

겨울꽃

눈이 오는 놀이터에
예쁜 꽃이 핍니다

아이들의 얼굴에
활짝 핀 웃음꽃

겨울나무 가지마다
한가득 눈꽃

새하얀 놀이터에
겨울꽃이 눈부십니다

별을 보며 꿈꾼다

반짝이는 별빛
바라보는 눈빛

하늘에는 별이 가득
내 마음엔 꿈이 가득

쉿

쉿
꽃이 피고 있잖아

꽃이 필 땐
그냥 바라만 보는 거야

조용히 바라보면
널 위해 활짝 웃어 줄 거야

아침 꽃밭

풀잎에 이슬 한 방울
데구루루 구르면

꽃잎에 나비 한 마리
나풀나풀 날리고

풀잎에 햇살 한줄기
반지르르 내리면

꽃잎에 꿀벌 한 마리
사푼사푼 노닌다

아빠 힘내세요

졸고 있는 아빠를 보며
아기가 옹알이를 합니다

잠시 눈을 뜬 아빠가
아기를 쓰다듬으며 웃자
귀여운 아기는
더 크게 옹알이를 합니다

밤늦게 일 마치고 온 아빠를 위해
아기는 저리도 재롱을 부리나 봅니다

우리 동네에 별이 살아요

창문을 열고
창밖을 내다보아요
고요한 밤하늘에
별들이 반짝반짝

와, 우리 동네에 별이 살아요
언제 이사 왔지?
어디서 왔을까?
아마 시골 하늘에서 왔겠지?

별이 사는 우리 동네
살기 좋은 우리 동네
내일도 모레도
가족처럼 함께 살래요

바람이 꽃밭을 지날 때

바람이 꽃밭을 지날 때
바람은 살랑살랑
노래합니다

꽃밭에 바람이 지날 때
꽃들은 한들한들
춤을 춥니다

바람은
빨강 꽃 노랑 꽃
모두모두 쓰다듬어 줍니다

꽃들은
달콤한 향기 상큼한 향기
너도나도 선물해 줍니다

설렘

겨울이 떠나는 길목
해가 드는 모든 곳이
설렘으로 가득 찹니다

흰 눈을 비집고 나오는
새싹이

개울가 얼음 아래
개울물이

움츠린 마음속의
꿈들이

봄이 오는 길목
해가 드는 모든 곳이
두근두근거립니다

조심조심

따스한 햇살 한가득

땅에 내렸다

아뿔싸

그만 햇살을 밟고 말았네

조심스레 발을 떼니

귀여운 새싹이 배시시

봄날 흙길을 걸을 때

발걸음도 조심조심

착한 마음씨

일찍 일어난 매미가
노래가 부르고 싶어 목을 풉니다

참새가 깜짝 놀라며

"쉿, 아직 아기 나무가 잠자고 있어."

일찍 잠이 깬 여치가
이슬이 먹고 싶어 기지개를 켭니다

나비가 깜짝 놀라며

"쉿, 아직 꽃잎이 꿈꾸고 있어."

예쁜 말

아이야, 네가 하는 말
그것은 네 마음속의 예쁜 꽃이란다

고운 말
좋은 말
아름다운 말을 언제나 하렴

네 마음속의 예쁜 꽃이 활짝 피어
온 세상을 향기롭게 만들 거야

아기 동생

배고파요 응애응애
배불러요 생글생글

놀아 줘요 응애응애
즐거워요 생글생글

아직 말은 못해도
나는 다 알아요
동생이 하고 싶은 말

봄바람

바람이 산들산들 불어와
마른 나뭇가지에 앉았다

살며시 귓속말로 속삭인다
"어서 일어나 봄이 왔어."

나뭇가지가 쫑긋
새싹을 틔운다

무엇을 심을까?

꽃을 심으면
나비가 날아들고

나무를 심으면
새들이 지저귀고

꿈을 심으면
희망이 싹트고

사랑을 심으면
행복이 찾아와요

바람은 마술사

바람이 포근하게 불어오면
향기로운 꽃이 피고

바람이 따스하게 불어오면
싱그러운 열매가 열리고

바람이 시원하게 불어오면
빨갛게 나뭇잎이 물들고

바람이 어느새 차가워지면
하얀 눈이 펄펄 내린답니다

아기 병아리

노오란 병아리가
배가 고파 울고 있어요
삐악삐악

귀여운 병아리가
배가 불러 웃고 있어요
삐악삐악

봄볕에 아기 병아리
배고파도 배불러도
언제나 삐악삐악

눈길을 걸어가요

뽀드득뽀드득
소리 나는 눈길을

아장아장
아기가 걸어가요

조심조심
할아버지 함께 가요

강아지도 폴짝폴짝
고양이도 살금살금

발자국도
신이 나서 따라갑니다

꽃처럼 걸어라

아기가 걸어가요
꽃밭을 걸어가요

꽃을 보며 웃고
향기 속에 웃고

아기가 걸어가요
나비도 따라가요

아가야 아가야
언제나 그렇게
꽃처럼 걸어라

송편

엄마가 빚은 송편은
볼살 도톰하게 오른 동생을 닮고

아빠가 빚은 송편은
꽃보다 예쁜 엄마 얼굴 닮고

동생이 빚은 송편은
주름도 고우신 우리 할머니 닮았네

하나하나 송편을 모아 보니
정다운 우리 가족 달처럼 웃고 있네

우리 동네 구둣방

우리 동네 구둣방은
구두만 닦는 곳이 아녜요
부러진 양산도 고쳐요
지퍼가 고장 난 가방도 고쳐요
어떤 때는 전기밥솥도 고쳐요

뭐든지 손만 닿으면
뚝딱 고치는 구둣방 아저씨

동생과 장난치다 깨트린
아빠가 아끼시는 저 화분도
과연 고칠 수 있을까

겨울에 눈이 오는 이유

나는 빗물이야
봄에는 사람들이 날 좋아하지
꽃이 피는 게 내 덕이라고

여름에도 가뭄이 들면
애타게 날 찾곤 해

가을이 되면 좀 슬퍼
하필 내가 내리는 날
낙엽이 질 게 뭐람

겨울엔 말이야
그렇게 날 반기진 않아

그래서 난 변신하기로 했어

하얗게 눈이 되어

세상을 포근히 감싸는 거야

추운 겨울에도

난 사랑받게 되었어

아이들에게 노래가 되고, 청년들에게 희망이 되고, 어른들에게 위로가 되는 시집이길

사람들이 시를 어렵다고 생각하는 큰 이유 중 하나는 지극히 개인적이고, 함축적인 문장의 구성 때문일 것이다. 소설이나 수필 등 다른 문학 장르에 비해 다소 거리감을 느끼는 것도 이 때문이라고 생각한다. 어려운 시를 누가 왜 읽겠는가? 라는 물음에 흔쾌히 답할 사람은 드물 것이다. 시는 특별한 사람의 특별한 언어가 아니라 누구나 쉽게, 쓰고 읽을 수 있는 마음의 외침이어야 한다.

시인 박목월은 "시야말로 우리의 가장 아름다운 꿈을 기록하는 일"이라고 했다. 나는 늘 시를 통해 사람들의 꿈을 이야기하고 싶었다. 그리고 아이들에게는 노래가 되고, 청년들에게는 희망이 되고, 어른들에게는 위로가 되는 그런 시를 쓰고 싶었다. 이번 시집은 이런 나의 열망을 가장 잘 표현한 시집이다. 언제나 그래왔듯이 쉬운 단어와 문장으로 시를 구성하였다. 어른들은 물론, 초중고·대학생 누구나 읽고, 공감할 수 있는 그런 시집으로 만들고자 했다.

이번 시집의 주제는 사랑과 나눔, 꿈과 희망 그리고 위로와 동심이다. 시집을 통해, 아이들에게는 꿈과 희망, 사랑과 나눔, 따뜻함과 배려에 대한 가치를 심어 주고 싶었다. 어른들에게는 지친 일상을 위로하고,

아름다운 시의 세계와 순수한 동심의 세계를 느끼게 하고 싶었다. 삶을 더욱 가치 있고, 의미 있게 바라보는 계기를 만들어 드리고 싶었다. 그래서 맑음과 순수함을 전하는 시 위주로 시집을 구성하고, 사색을 위한 여백도 넉넉하게 만들었다.

이번 시집에는 특별한 부분이 있다. 감사하게도 대한적십자사에서 '사랑과 나눔'이라는 시집의 주제에 공감해 따뜻한 관심을 보여 주었다. 그중에서도 시각장애인들을 위한 전자시집과 점자시집을 공동으로 발간해, 국립장애인도서관과 전국의 시각장애인도서관에 무료로 배부한 것은 매우 의미 있는 일이다. 시각장애인들이 시집을 읽고 작으나마 위로를 받는다면 그것만으로도 시를 쓰는 이유는 충분해진다.

끝으로 "좋은 시를 읽는 것은 좋은 친구를 사귀는 것과 같다"라는 말씀을 드리며, 부족한 시집이지만 나의 시집이 그대의 손과 가장 가까운 곳에 늘 자리하길 희망한다.